Christoph Ransmayr

# $S$trahlender Untergang

*Ein Entwässerungsprojekt oder*
*Die Entdeckung des Wesentlichen*

S. Fischer

Umschlagabbildung: ›ZARZURA-R-2‹ von Hubert Scheibl

Die Originalausgabe erschien 1982
im Christian Brandstätter Verlag,, Wien
© 2000 S. Fischer Verlag GmbH, Frankfurt am Main
Gesamtherstellung: Clausen & Bosse, Leck
Printed in Germany
ISBN 3-10-062923-X

Wie ein Brief, vor achtzehn Jahren geschrieben, ins Blaue geschickt und nun auf Seewegen zurückgekommen, liegt der *Strahlende Untergang* wieder auf meinem Schreibtisch, ein schmales Bündel Druckfahnen. Ich erinnere mich an das Fenster, an dem der Schreibtisch damals stand, in der Tiefe davor das Mittelmeer, die Steilküste bei Trachila auf der südgriechischen Halbinsel Mani. Heute ist es der Atlantik, der vor meinem Fenster liegt, die Brandung an der Westküste Irlands, und wieder ist es März. Natürlich ist die Versuchung groß, diesen *Untergang* jetzt und möglicherweise für immer abzuschließen, in achtzehn Jahren lernt auch ein Erzähler dazu, und tatsächlich kann ich an vier, fünf Stellen nicht widerstehen, streiche hier ein Wort, ändere Kursivsetzungen und stelle insgesamt den Zeilenfall des ursprünglichen Manuskriptes wieder her ... Ein kindisches Unternehmen vielleicht, schließlich hat das Schreiben seinen Weg hinter sich, wurde gedruckt, gelesen und vielleicht längst wieder vergessen, sind Adressaten von einst verzogen oder für immer verschwunden. Aber ich sitze wieder (oder immer noch) am Meer, verbiete mir weitere Korrekturen und bestätige schließlich selbst den langatmigen Untertitel meiner Nachrichten aus der Wüste: *Ein Entwässerungs-projekt oder Die Entdeckung des Wesentlichen*. Denn zumindest eines der leiseren Geräusche eines Untergangs in den Dünen würde ich auch heute nicht viel anders beschreiben:

Wie hier jeder Schritt tönt.
Der Sand ist so trocken,
daß er sich unter den Füßen
und im Wind
zu kurzen Fontänen erhebt
und gleich wieder hinlegt
und dabei klingt,
als fielen Nadeln
gegen eine Erde aus Glas.


C. R.
Castletownshend / West Cork, im März 2000

*Seit Millionen von Jahren umgibt uns das Brüllen der Sonne,*
*ein gigantisches Feuerofen-Brüllen*
*über einhundertfünfzig Millionen Kilometer,*
*das so vollkommen gleichförmig ist,*
*daß Generationen von Menschen in ihm geboren werden,*
*leben, sterben konnten, ohne es jemals zu bemerken.*

Thomas Pynchon
*Die Enden der Parabel*

Wien und Trachila, Frühjahr 1982

*Inhalt*

I

Nachrichten aus dem Tanezrouft
*Fragment eines Fernschreibens*


Innerhalb einer Woche habe sich bei Adrar,
so berichtete einer der Lastwagenfahrer weiter,
eine Kolonne wüstentauglicher
Bau- und Transportfahrzeuge
von größtem Fassungsvermögen formiert:
Achtundvierzig *caterpillars*
und sicherlich das Doppelte an *camions*.
Eingehüllt in eine kilometerlange, ungeheure Wolke
aus Sand und Staub
habe sich die Kolonne schließlich in Richtung
Bordj Moktar
in Bewegung gesetzt,
habe den Wendekreis des Krebses passiert
und sei nach zwölf Tagen,
im Gebiet der alten Karawanenstraße nach Taoudenni
und sozusagen im glosenden Zentrum des Tanezrouft,
der *Wüste der Wüsten,*
zum planmäßigen Stillstand gekommen.

Diese Gegend,
setzte der Lastwagenfahrer fort,

sei vormals nur unter dem Zwang größter Not,
des dringenden Warenbedarfs oder aber des Irrsinns
durchquert worden.
Im Jahre 1809, ein bemerkenswertes Beispiel für die
Unwirtlichkeit dieser Geröll- und Sandlandschaft,
habe man hier die teils verwesten,
teils mumifizierten Überreste von zweitausend Mann
und eintausendachthundert Kamelen gefunden –
Schlußbild einer großartigen Karawane,
die sich vergeblich um den Transport der Salzplatten
von Taoudenni nach den Märkten des Nordens
bemüht hatte.
Aber groß sei Allah.


Hier, an der mit dem Lineal gezogenen Grenze
zwischen der algerischen und der Sahara von Mali,
habe die Kolonne in unsäglichen,
geradezu kochenden
und von stetem Flugsand durchzogenen Monaten
die räumlichen Voraussetzungen für
*Das Projekt* geschaffen:
Eine zweitausenddreihundertköpfige Arbeiterschaft
habe, so der Lastwagenfahrer,
mit dem in Schichten organisierten
Einsatz ihrer Maschinen
eine Wüstenfläche von etwa siebzig Quadratkilometer
in eine nahezu geometrische Ebene verwandelt.

Abtragungen, Aufschüttungen,
Geröllentfernung,
auch Sprengungen.

Nach dem Abschluß dieser Arbeiten
sei das gesamte Areal
mit einer knapp vier Meter hohen,
vernieteten
und von Verstrebungen gestützten
Aluminiumwand umschlossen
und damit
ohne den geringsten Durchlaß
von der restlichen Ausdehnung des Tanezrouft
und der Wüste überhaupt
abgeschlossen worden.

Nach der Entlassung und dem Abzug
der Arbeiterschaft
und dem unverzüglichen Rücktransport
allen Geräts
über Adrar, Beni-Abbes und Bechar
nach Oran und Algier
sei ein vielleicht vierzigjähriger Mann,
weiß,
Europäer vermutlich,
mit einem aus Aïn Salah anfliegenden Helikopter
in das nun völlig unzugängliche

und menschenleere Areal gebracht
und dort allein zurückgelassen worden.

Nach dieser *Aussetzung*,
die unter wissenschaftlicher Aufsicht erfolgt sei,
habe niemand mehr das Gelände betreten.
Von weiteren Anstrengungen sowie über
die genauere Bedeutung dieser Vorgänge im Tanezrouft
sei ihm, so schloß der Lastwagenfahrer,
außer der zur Ermunterung der Arbeiterschaft
immer wieder vorgebrachten Mahnung,
*jeder Handgriff diene dem Projekt und so der Zukunft,*
nichts bekannt.

II

Lob des Projekts
*Rede vor einer akademischen Delegation*
*in der Oase Bordj Moktar*


Geehrte Herren!

Ich höre das Knattern der Wimpel über Ihren Zelten,
das Prasseln des Flugsandes
auf den straffen Bahnen Ihrer Sonnensegel
und das Stakkato des Störgeräusches
aus den Empfängern Ihrer Funkgeräte...
Aber im gleichmäßigen Lärm Ihrer Anwesenheit
höre ich Sie auch sagen: Was für ein Unfug!
Was für ein Unfug,
in der siedenden, flimmernden Leere
einer umzäunten Ebene
einen *Probanden* auszusetzen
und ihn
ohne Beistand und Überlebensmittel
seinem raschen Untergang zu überlassen;
und dies,
höre ich Sie mit erhobener Stimme sagen,
und dies ohne jede Beobachtungsstation!
Ohne Aufzeichnung und Meßwert!

Geehrte Herren, ich kenne Ihre Einwände;
aber bedenken Sie,
daß jenes Gelände,
das Sie im Verlauf mehrerer Tage
prüfend und zweifelnd,
stets um ein Urteil bemüht, umfahren haben –
daß dieses *Terrarium,*
dessen Errichtung wir der Einsicht und Hilfe
höchster Behörden verdanken,
zu den Schauplätzen einer
*Neuen Wissenschaft* gehört;
eine Wissenschaft, geehrte Herren,
die sich gewandelt hat:
Sie hat Verzicht geleistet
auf die Verzauberung dieser und aller
umliegenden Welten
in eine unübersehbare Ansammlung
von Gegenständen der Beobachtung,
der Definition,
der Nachahmung,
Beherrschung
und Manipulation;
eine Wissenschaft,
die sich wieder dem Wesentlichen
zugewandt hat –
der Wüste und dem Verschwinden.

Geehrte Herren,
Sie mögen sich nun einander zuneigen
und Geringschätzungen austauschen,
aber ich bitte Sie zu bedenken,
daß die Zukunft auch der
belebtesten Landschaft
*Wüste*
heißt;
die Zukunft
auch der schroffsten Erhebung
*Ebene,*
und die Zukunft
selbst der bizarrsten Existenzen
der Kohlenwasserstoffwelt,
die sich jetzt noch ebenso blind
wie ungestüm
um Beständigkeit und Nachkommen bemühen –
*Verschwinden.*

Und Wissenschaft, geehrte Herren,
wie sie hier betrieben wird,
will Beihilfe zur Zukunft sein.
Jedes ihrer Projekte,
jedes ihrer Terrarien,
enthält das Bild dieser Zukunft
und mehr noch:
ist ihre Vorwegnahme.

Die Einsicht der Lemminge,
jener ohne Verständnis bestaunten
Wühlmäuse der Arktis und Asiens,
die ohne Bedauern und Zögern
in eiligen, quirlenden Prozessionen
auf ihr Verschwinden zurennen,
kann doch nur darin bestehen:
durch das entschlossene Drängen
nach dem Untergang
das Ärgste zu verhindern –
die tragische Allmählichkeit
des unausweichlichen Verfalls,
den unkontrollierten Verlust von Identität,
des Wissens von sich.
Nein, geehrte Herren,
der planmäßige Untergang ist längst
nicht das Ärgste – im Gegenteil:
Seine umsichtige Organisation
und rasche Verwirklichung
bringt alles zurück, was im
Verlauf der beschämenden Entwicklung
eines von der Herrschaft
über die *natürliche* Welt
blind faszinierten Denkens
schon verloren schien.
Denn wenn dies das letzte und einzige wäre,
das der Verschwindende weiß,

hätte die Neue Wissenschaft
das Ziel ihrer Anstrengungen,
ihren ausschließlichen Zweck schon erreicht:
Ich bin es,
ich,
der da untergeht.

Wohin aber,
frage ich Sie,
hat die Ausdehnung einer geradezu
tollwütigen Forschung
in mikro- und makrokosmische Räume,
deren Abmessungen die Grenzen der Vorstellung
weit übersteigen, geführt?
Wohin
die unmäßigen Spielereien einer Technik,
die ohnedies Verwüstung betreibt –
leider nur ohne die Einsicht, daß sie damit
bloße Voraussetzungen schafft für den Endzweck:
die Identität.
Und wohin schließlich die Beschwerung
der Philosophie
mit ebenso vielfältigen
wie bedeutungslosen Disziplinen, die
auch zusammengenommen nichts anderes ergeben
als ein Konglomerat
blöder Rätsel und Fragen?

Geehrte Herren, ich bitte Sie!
Neben sogenannten Fortschritten
in der Erhöhung der Lebensdauer,
des Reichtums
und der bequemen Beweglichkeit
weniger Herrschaften,
hat die Aufblähung des Denkens
doch jedenfalls zur Verwandlung des Wissens
in ein Gewirr fruchtloser Daten geführt,
ein System kapillarer Verästelung,
das parasitär am Wesentlichen klebt und
keine Spuren tieferer Einsicht mehr trägt.

*Das Meßbare zu messen,*
*und das Unmeßbare meßbar zu machen –*
an solche und ähnliche Leitsätze,
langweilig und maßlos,
hat sich die alte Forschung
geklammert;
wer wüßte das besser als Sie,
geehrte Herren?
Aber die irreführenden Leitsätze
werden von der Praxis der Neuen Wissenschaft,
verzeihen Sie mir,
in die Kalenderspruchsammlungen
uneinsichtiger Tölpel verbannt.
Denn diese Wissenschaft

hat den Ballast der Datenbänke in der
steten Vertiefung ihrer Erkenntnisse
abgestreift;
sie enthält sich nun
jeder weiteren Messung,
Beobachtung,
Theoriebildung
und auch des Experiments;
gesäubert von sinnlosen Ansprüchen,
erzeugt sie nichts anderes mehr
als die Bedingungen des Wesentlichen:
die Organisation des Verschwindens.

Deshalb, geehrte Herren,
werden Terrarien angelegt.
Meterhoch die Umzäunung,
sorgfältig geglättet
die Ebene aus Steinen und Sand
und frei von Wasser und Bewuchs:
das Bild der Zukunft.

Aber nun zum Protagonisten
der wissenschaftlichen Absicht,
dem flüchtigen Bewohner
der eingeebneten Landschaft und
Nutznießer der Wissenschaft.
Nennen wir ihn der Einfachheit halber,

der Name wird Ihnen geläufig sein,
den *Herrn der Welt*.
Er besteht, man sieht es ihm an,
zu siebzig Prozent aus Wasser.
Weiß oder schwach pigmentiert seine Haut,
Fellreste da und dort,
Rudimente von Krallen an Fingern und Zehen…
aber was sage ich Ihnen –
das Äußere kennen Sie ja.
Bedeutsamer scheint,
daß der Herr der Welt,
von allen Irrtümern der alten Forschung
und Weltsicht gezeichnet,
seine einzige und wahre Zukunft,
ja sich selbst,
offensichtlich erst im Terrarium
wiederzuerkennen vermag.
Er hat zu viel verwechselt:
Kultur mit Zivilisation,
die blinde Entwicklung seiner Technik
mit Fortschritt,
Ideologie mit Bewußtsein,
Herrschaft schließlich mit Ordnung
und so fort…
Ach, geehrte Herren,
er hat alles verwechselt und vertauscht.

Erinnern Sie sich:
Sie haben den radioaktiven Zerfall
schwerer Elemente wie Curium, Uran und Thorium
präzise gemessen
und mit den Werten der Messung
Isotopen-Kalender erstellt.
Sie haben auf Ihren Kalendern
das Alter der Erde
und anderer Planeten,
das Alter dieser
und anderer Sonnen
umsichtig vermerkt und sind,
was das Alter der Erde betraf,
auf ein Entstehungsdatum gestoßen,
das vier Milliarden und sechshundert Millionen Jahre
zurückliegen mußte.
Als Altersangabe jener vergleichsweise
bescheidenen Sonne, deren Hitze Sie nun auch
im dürftigen Schatten dieser Oase
zu quälen beginnt,
haben Sie die Zahl
vier Milliarden und siebenhundert Millionen,
manchmal auch fünf Milliarden genannt.
Sie haben in den präkambrischen Feuersteinen
der Südküste Afrikas
einzellige Wesen, winzig, fossil, milliardenjährig,
entdeckt und zwischen den Quarziten und Sedimenten

einer grönländischen Öde
Ablagerungen von Eisenoxydbändern und Kohlenstoff:
die drei Milliarden und achthundert Millionen Jahre
alten Spuren archaischer Bakterien,
die mit Hilfe des Sonnenlichtes
Wasser zu spalten und,
unter genialer Verwendung der dabei
frei werdenden Energie,
organische Verbindungen aufzubauen vermochten.
Und das *Blattgrün,* geehrte Herren,
schimmerte matt
in diesem photosynthetischen Prozeß,
den Sie, *Sie!,*
Milliarden Jahre nach seiner Premiere,
mit einer prachtvollen Formel beschrieben:
*6 $CO_2$ + 6 $H_2O$ + Sonnenenergie = $C_6H_{12}O_6$ + 6 $O_2$*
Das unerhörte Ereignis frühesten Lebens!
Der Anfang.

Nach allem,
was wir über die Leere und Lebensfeindlichkeit
jenes ungeheuerlichen Raumes, der uns umgibt,
wissen,
werden Sie mir beipflichten,
wenn ich diesen Anfang eine Spätfolge
von äußerst seltenen,
geradezu unwahrscheinlichen

astrodynamischen Vorgängen nenne,
die zur glücklichen Konstellation
von Sonne und Erde geführt haben.
Gewiß,
die Liste der irdischen Bedingungen,
unter denen die Bildung einer
organischen Existenz vonstatten geht,
ist überaus lang,
ebenso vielfältig wie rätselhaft,
und ihre Aufzählung
würde den Rahmen dieser Oasenrede sprengen.
Aber wo, frage ich Sie,
wäre das Netz dieser Bedingungen,
wäre das Leben selbst geblieben
ohne die Gewalt jener
magnetischen Kraftfelder,
die Massen von Gasen und kosmischem
Staub
in Aufruhr und Wirbel versetzten
– wo? –
ohne den Druck der steten Verdichtung,
der schließlich in die heftige Rotation
dieses Materiehaufens mündete
und einen feurig-flüssigen
Glutball
zu erzeugen begann, dessen Licht
nun strahlend

in einer eisigen Finsternis
aufging?

Es ist Ihre Vermutung, die meint,
der rotierende Glutball
habe die Gesamtheit seiner
entsetzlichen Masse
nicht mehr zu halten vermocht
und brennende, glühende Fetzen
seiner selbst
in die Kälte hinausgeschleudert,
weit,
Hunderte Millionen Kilometer hinaus,
und die Fetzen
des Muttergestirns wären,
sich nun ihrerseits drehend,
erkaltet,
hätten sich in jene *Planeten* verwandelt,
die nun in elliptischen Bahnen
und getreu
den Gesetzen der Himmelsmechanik
den Ort ihrer Herkunft
umschwärmten.

Am Anfang, geehrte Herren –
fragen wir nun nicht weiter
nach Kraftfeldern,

der Herkunft der toten Materie,
nach der Leere,
dem Nichts
und was immer auch vor diesem Nichts
gewesen sein mag –,
am Anfang war die Sonne.

Was aber
geschah nach diesem Anfang?
Auch das wissen Sie längst:
Einer der kleineren Fetzen -
jene *Terra*,
die von der Neuen Wissenschaft veredelt,
nach und nach zum
*Terrarium*
aufsteigen wird –
begann sich in einem derart
günstigen Abstand
um die Glut seines Ursprungs zu bewegen,
fern genug,
um nicht weiterzubrennen,
und nah genug,
um gewärmt und beleuchtet zu werden,
daß sich auf seiner
zu bizarren Formen erkaltenden Oberfläche
das seltene Netz der Lebensbedingungen
höherer Organismen

entfalten konnte;
ein Netz,
an dessen dichtester Stelle sich dann auch
tatsächlich das Leben
wie eine Stubenfliege
im Spinnengewebe
verfing.

Im vorläufig letzten, allerletzten Augenblick
der nun einsetzenden,
teils komischen,
teils faszinierenden Entwicklung einer
lebendigen Vielfalt,
aber auch das wissen Sie ja,
richtete sich
ein Vieh
plötzlich
auf.

Überraschend schnell
begann dieses Vieh
den aufrechten Gang zu erlernen –
freilich nur,
um hochaufgerichtet
in allen und jeden Zusammenhang
hineinzutreten, wie eben ein
wütendes oder verstörtes Vieh

in Zusammenhänge hineintritt:
gewaltsam
und ohne Bedenken.

Ich höre nun, geehrte Herren,
das unwillige Scharren
Ihrer Stiefel im Sand.
Aber zur Illustration meiner Ausführungen
bitte ich Sie,
die Absätze Ihrer Stiefel
auf eine der reichgefächerten
Sandrosen von Bordj Moktar zu setzen.
Zertreten Sie
die rotgoldene Architektur dieser Wüstenerscheinung!
Und Sie erhalten das klirrende Bild
des menschlichen Auftritts.

Aber ich fahre fort mit dem Hinweis
auf jenes Denken,
das sich das aufgerichtete, wäßrige Wesen
allmählich aneignete
und darüber
Klauen,
Fangzähne
und Fell
verlor.
Zumeist war es ein hartes,

auf die schnelle Erreichung von Zwecken
gerichtetes Denken,
das die offensichtlich zwingende Form
der Behauptung von Existenz
– das Töten und Fressen –
so durchschlagend zu perfektionieren erlaubte,
daß das Vieh diese Form der
*Wahrnehmung existentiellen Interesses*
auch auf seine Artgenossen anzuwenden begann.
Allerdings:
Es fraß die erschlagenen *Feinde*,
zumindest nach Ausbruch der Zivilisation,
aus für den Rest der kämpfenden Fauna und Flora
unersichtlichen Gründen
nicht auf,
sondern verscharrte die Kadaver im Sand,
verbrannte sie,
warf sie ins Meer,
in den Fluß,
einen Tümpel,
oder bedeckte sie mit Erde und Steinen.
Was für ein Fortschritt.

Ich sehe Sie erneut unwillig werden,
geehrte Herren,
aber bedenken Sie, daß mein geraffter Bericht
keine Parabel ist!

Ich weiß,
die Akademie verabscheut Parabeln.
Und falls es der Gebrauch
des Wortes *Vieh* ist, der Sie stört,
so spreche ich,
Ihnen gerne entgegenkommend,
weiter von Menschen –
denn nichts liegt der Neuen Wissenschaft
ferner
als die Erregung von Ärgernis –,
auch gab es tatsächlich einige Vertreter
dieser gehenden Gattung, die sich,
theoretisch nicht unraffiniert,
um triftige Gründe
für die Behauptung eines Unterschieds
zwischen Menschen und Vieh bemühten.
Auch wurden da und dort und vereinzelt
Bedenken
gegen die archaischen Formen der
*Interessenwahrnehmung*
geäußert.
Sogar schriftlich
wurde wiederholt
Protest eingelegt
gegen die gewalttätige Behauptung
der Existenz:
Diese übertriebene

*Rezeption aus der Fauna*,
so oder ähnlich schrieb man,
sei dem Menschen nicht mehr gemäß.
Ich nehme an, geehrte Herren,
Sie kennen diese Plädoyers
und wissen daher auch,
daß sie keinerlei Einfluß nahmen
auf die Grundzüge der menschlichen Art.
Aber gerade was die Entfaltung
dieser besonderen Art anbelangte,
tat sich der Helle,
der Weiße,
der Schwachpigmentierer
sehr deutlich hervor:
Er machte mit allem,
was seine Absichten,
seine Ausbreitung zu behindern schien
oder tatsächlich behinderte,
kurzerhand Schluß
und bot redselig seine Rechtfertigung an.
Er räkelte sich, dehnte sich aus
auf dem Rücken ihm fremder Kulturen
und erklärte das Fremde zum Rohstoff
und Baumaterial der eigenen Zivilisation.
Er bediente sich
der zweckmäßigsten Formen des Denkens,
errichtete so Industrien

und gelegentlich Weltreiche,
und alles geriet ihm zur Herrschaft.

Und jetzt, endlich!,
sind seine Gesetze und Richtlinien
in einem Ausmaß global,
daß er zumindest sein Äußeres
auf jedem Längen- und Breitengrad
wiederzuerkennen vermag:
die Neon- und Lackschriften seiner Warenzeichen,
seine Produktionsweisen und Spielformen
der Organisation,
seine Art,
Werte und Unwerte voneinander zu trennen,
Wunden zu schlagen und wieder zu schließen
und insgesamt,
ich sagte es schon,
Verwüstung zu betreiben ohne Verständnis,
daß damit der Zukunft gedient wird.
Wo er nicht selbst herrscht,
herrscht man in seinem Sinn.
Nennen wir ihn also,
diesmal der Wahrheit halber,
den Herrn der Welt.

Im gewiß mühsamen Verlauf Ihrer Anreise,
geehrte Herren,

haben Sie vielleicht an einer Wasserstelle,
in einem Tuareg-Lager
oder vor der Lehmmauer eines Kontrollpostens
die alte Empfehlung der Beduinen gehört:
Wer die Wüste durchquert,
nähe Dattelkerne in den Saum seiner Gewänder ein.
Denn wenn der Reisende in die Irre geht
und schließlich,
abgeschnitten von Wasservorräten
und dem Beistand einer Karawane,
unter der Glut der Sonne hinfällt
und sich nicht wieder erhebt,
wird sein verwesender Leichnam
der Keimung eines Dattelkerns nützlich sein,
und aus dem Dung
wird sich allmählich eine Palme aufrichten.

Gewiß, geehrte Herren,
die Empfehlung der Beduinen ist verspielt,
weil sie der überflüssigen
Verzierung der Wüste dient;
sie ist aber auch ernst,
weil sie den Anfang der Einsicht in die
Notwendigkeit des Verschwindens
enthält;
ernst,
weil sie nichts retten will.

Der Herr der Welt aber
kennt solche Nähvorschriften nicht,
und nichts steckt in seiner Arbeit,
in seinen Gewändern,
seinen Automaten
und dem Torf seiner Vorgärten,
das über ihn hinausweist.
Er kennt wohl den Verbrauch,
den Umsatz und den Verschleiß,
aber was verlorengeht,
wird ständig ersetzt.
Er will,
obwohl er Verwüstung betreibt,
sich in die Zukunft verlängern!
Und das ist ein Widerspruch.

Die Neue Wissenschaft erst
löst diesen Widerspruch,
indem sie dem Herrn der Welt
die Bedingungen seiner eigenen
Auflösung schafft.
Und was ihre umsichtig geplanten
Projekte,
ihre Methoden angeht, so frage ich Sie,
geehrte Herren:
Was liegt näher, als eine Existenz,
die ihren Anfang unter der Sonne nahm,

auch unter der Sonne wieder
verschwinden zu lassen?
Was liegt näher,
als ein wäßriges Wesen,
das sich den Blick auf das
Wesentliche
mit Gerümpel verstellt,
unter Entzug aller Ablenkung zu
entwässern,
damit es wenigstens
im raschen Verlauf seines Untergangs
zum erstenmal *Ich* sagen kann?
Ich,
und dann nichts mehr.

Das Projekt der Neuen Wissenschaft,
geehrte Herren,
die organisierte Form des Verschwindens,
stellt alles her, was herzustellen ist,
und bringt, was sich herstellt,
zum raschen Verschwinden,
weil damit die Gesamtheit des Möglichen
verwirklicht ist.
Zurück bleibt die Wüste
und ein entwässerter Rest,
aus dem nun endlich
nichts mehr
hervorzugehen braucht.

Ich breche meine Ausführungen hier ab
und entbiete der Akademie meine Grüße.
Es ist alles gesagt.
Ich sehe die Schatten Ihrer Zeltdächer
schon über Bordj Moktar hinausfallen.
Ihre Diener und Assistenten
kauern um die Feuerstellen
und haben Teekessel übergestellt
und Pfefferminzblätter vorbereitet.
Geehrte Herren,
Sie sind mir beharrlich und unwillig
gefolgt.
Sie werden jetzt müde sein.
Ich danke Ihnen.

III

Das Terrarium
*Hinweise für eine Bauleitung*


Sand!
Sand ist herbeizuschaffen;
herbeizuschaffen der rieselnde,
verfliegende Endzustand aller Landschaft,
herbeizuschaffen mit *camions*,
mit Tragkörben, wo Unwegsamkeit herrscht,
und mit Schiffen dort, wo Küsten sind.
Herbeizuschaffen ist Sand
oder dort, wo er sich schon findet
und nicht erst verfrachtet werden muß,
zur vollkommenen Ebene zu ordnen.
Damit die Empfindung von Weite,
ja Unermeßlichkeit
gefördert werde,
breite sich die Ebene über
siebzig Quadratkilometer aus.
Das von Erosionskräften
und vulkanischem Druck
mißgestaltete Land
ist von jeder planlos *natürlich*

verlaufenden Folge von Niederungen
und Erhebungen, Einbrüchen und Rissen
zu befreien.
Die Projektvorschrift verbietet
mit allem Nachdruck der ihr zugrundeliegenden
Einsicht,
daß der Protagonist des Verschwindens
einer gewordenen Wildnis aus Sedimenten,
Sandverwehungen und Geröll ausgesetzt werde.

Er ist auszusetzen
allein den geschaffenen Bedingungen
der Wissenschaft.

Scharf wie der Grat einer Düne
verlaufe der Horizont dieser Ebene,
um deren gesamte Ausdehnung eine Wand,
eine Mauer,
ein Wall
zu errichten ist:
die Grenze der Wissenschaft.
Denn wer immer auch zum Protagonisten
ihrer erlösenden Absicht aufsteigen will,
soll keinerlei Ablenkung
durch Übergriffe der Außenwelt
oder Fluchtmöglichkeiten erfahren.
Aber wer wollte schon fliehen

aus einem Zusammenhang,
in dem die Wissenschaft
umsichtig
für alles gesorgt hat?

Nur weil hier an alles gedacht wird,
ist eine Wand zu errichten –
sie hält auch den Wind ab, der schließlich,
kein Zweifel,
entlang dieser Abgrenzung
Dünen anwehen und mehr noch:
die Grenze in das Gerüst und Rückgrat
von Sandbergen verwandeln wird.
Aber dieses Ereignis liegt in der Zukunft
jenseits des Projekts
und braucht weder Planer noch Erbauer
im geringsten zu kümmern.

Der Wind streiche also
in gebrochener Stärke
über den Grund des Terrariums
und werfe da und dort
allerhöchstens
kleinere Sandwellen auf,
die zu vernachlässigen sind.
Sie stören hier nicht.
Die Temperatur der Luft

sinke nie unter fünfzig Plusgrade
der Celsiusskala,
und ihre Feuchtigkeit
betrage nicht mehr als zehn Prozent.
Diese Werte
sind Bestandteil genau kalkulierter
Bedingungen des Untergangs.
Wolkenlosigkeit herrsche.

Als *projektdienlich* gilt auch
die größtmögliche Steilheit
des Einfallswinkels der Sonnenbestrahlung und -
wenn es die zur Verfügung stehenden Mittel erlauben –
auch die Verdünnung der Ozonschleier
in der auf dem Terrarium lastenden Atmosphäre:
Durch dieses von störenden Filtern
gesäuberte Fenster der Lufthülle
falle das Sonnenlicht nun
mit der gesamten Vielfalt
auch seiner kurzwelligsten Strahlung ein
und unterstütze so
die Absichten der Wissenschaft.
Am besten wäre dabei unbestritten,
wenn der Sonnenstand
sich stets im Zenit befände
und so auch die Störung
durch den Schattenwurf des Körpers

auf ein Minimum reduziert bliebe.
Aber weil der Stand der Sonne
sich der einflußnehmenden
Sorge der Wissenschaft
vorerst
entzieht,
ist geringfügige Schattenbildung
zu tolerieren.
Und keine Tamarisken!
Keine Akazien!
Auch keine Dornsträucher.
Jeder noch so schüttere Bewuchs
ist zu entfernen.
Völlig leer breite sich die Ebene aus.
Allfälliges Vorkommen von Wasser
ist so abzuleiten,
daß es unterirdisch
und unerreichbar
versiegt.
Die Leblosigkeit,
die Reinheit
der geschaffenen Landschaft
ist unabdingbare Voraussetzung.
Mit Tieren ist daher sinngemäß zu verfahren.

Die zur Errichtung des Terrariums
verpflichtete Arbeiterschaft

ist nach jeweils landesüblichen Maßstäben
zu entlohnen
und ausschließlich über die von ihr erwarteten
Tätigkeiten und Handgriffe
zu unterrichten.
Die Arbeiterschaft ist mit dem Hinweis
auf ihren *wertvollen Dienst an der Zukunft*
im Bedarfsfall zu trösten,
dabei bleibe aber der theoretische Hintergrund
ebenso wie die Zielsetzung des Projekts
unerwähnt:
Die Neue Wissenschaft vermeidet Diskussionen,
wenn es gefestigte Einsicht
in Praxis umzusetzen gilt.
Jeder denkbare
Einwand der Arbeiterschaft
würde bloße Verzögerung
und keinesfalls Veränderung bedeuten.
Verzögerungen sind zu verhindern.
Information
bleibe auf Anleitung beschränkt.

In diesem Sinne ist die Arbeiterschaft
zu zweckmäßiger Eile
und zum sorgsamen Umgang
mit den ihr anvertrauten Gerätschaften
anzuhalten;

sie ist nach der Verrichtung
aller erforderlichen Tätigkeiten
zu entlassen
und ihr Abzug unverzüglich zu organisieren.
Zurück bleibe nichts als
das leere Bild der Zukunft.

Über den Fortgang
und Abschluß der Arbeiten
sowie über die Räumung des Geländes
und Überstellung des Herrn der Welt
in das Terrarium
ist ein Protokoll anzufertigen.

IV

Strahlender Untergang
*Lichtschwielen, Blendung und Entwässerung*


Es war eng in der Heimat:
klein und dunkel die Räume,
die Zeit knapp
und bedeutungslos jede Anstrengung,
die Arbeit.
Aber hier ist alles groß.
Hier ist alles weit
und das Zurückliegende
schon vom ersten Augenblick an fern:
die Reise nach Oregon,
die Investitionspläne fürs nächste Jahr,
der lächerliche Aufstieg in einer Firma,
die sich mit Waren
ohne jeden Gebrauchswert abgab
und es so zu weitreichenden
Geschäftsbeziehungen brachte;
die genormten Gespräche,
und Anna
und alle –
es ist beinah vergessen.

Wie hier jeder Schritt tönt.
Der Sand ist so trocken,
daß er sich unter den Füßen
und im Wind
zu kurzen Fontänen erhebt
und gleich wieder hinlegt
und dabei klingt,
als fielen Nadeln
gegen eine Erde aus Glas.

Und sonst
ist da nur noch
das Atemgeräusch.
Es muß also still sein.
Es begann schon in Aïn Salah
still zu werden.
Die in der Sonne gehärteten
Häuser aus Lehm
wie unbewohnt;
dazwischen die wechselnden
Farben des Sandes
und ein Tragtier, das so behutsam
auftrat,
daß nur das Knarren und Schaben
seiner Last zu hören war.

Der Rotor des Helikopters
zerschnitt das alles nur kurz.
Auch hier.
Die Maschine erhob sich gleich wieder,
ließ einen schmerzenden Sandwirbel zurück,
schlug und brüllte noch eine Zeitlang
am Himmel dahin,
verwandelte sich in einen schwarzen,
singenden Punkt
und verschwand.

Das Verschwinden und Singen des Punktes
brachte die Erinnerung an *Das Fest* zurück,
die notwendige Rekapitulation
eines Verschwindenden,
der sich inmitten der Siedehitze,
der Leere
wiederfindet
und wieder und wieder
nach einem Punkt sucht,
an dem alles anfing.

Und was für ein Fest das war:
der Platz vor dem Forschungsgebäude
tagelang von Zuhörern verstellt.
Girlanden und Lampions,
Sandproben in Schaukästen!,

eine Fata Morgana
im angrenzenden Lichtspieltheater,
Marktbuden mit Sonnenschirmen aus
Brennglas und Stahl,
Kunstsonnen aus den Laboratorien
stillgelegter Sonnenschutzmittelfabriken
zur freien Entnahme.
Solarien,
Varietézelte mit den Attraktionen
einer Verdurstung
und über allem die Kanzeln:
Von dort herab Reden.
Die Reden der Vertreter einer
Neuen Wissenschaft,
langatmig und laut.
In Burnusse gehüllt,
beugten sich die Redner
weit über die Brüstung,
verlangten hin und wieder
erhöhte Aufmerksamkeit
und reichten schließlich Listen herab,
auf denen
Name,
Adresse
und
gewünschtes Abreisedatum
zu vermerken war.

Und dann der nächste Redner
und nach ihm ein anderer.
Alles Idioten!,
Fanatiker bestenfalls,
versessen auf ihre Untergangstheorien.
Als ob der Untergang
einer Theorie bedürfte!
Aber man folgt ihnen massenhaft.
Nicht weil man sie versteht
oder ihnen glaubt,
sondern weil man
folgen will.
Folgen,
nichts weiter.


Keine Ahnung,
wie viele im Terrarium
schon verschwunden sind.
Die Städte jedenfalls
leeren sich merklich und werden,
so wurde es von den Kanzeln herab
versprochen,
nach ihrer Entleerung
zu neuen Terrarien
eingeebnet:
Das wird schließlich
die Arbeit von Automaten sein,

wartungsfreien,
robusten Automaten,
fast unsichtbar
unter dem Solarzellengewebe
ihrer Sonnensegel.

Aber das Fest liegt zurück
wie alles andere auch;
der Platz vor dem Forschungsgebäude
muß jetzt leer sein wie diese Ebene,
mit deren Durchwanderung,
ziellos,
irgendwohin,
der Tag
erwartungsgemäß
vergeht:

Dreimal
taucht eine glänzende Metallwand auf
und fließt über
in den flimmernden See
einer Luftspiegelung,
die dicht über dem Boden
das Blau des Himmels
unruhig zusammenfaßt
und vor jeder Annäherung
ins Verschwinden zurückweicht.

Keine Wand mehr.
Kein See.
Der Himmel ist weiß.

Wie pünktlich,
überaus pünktlich
die kalkulierten Kausalzusammenhänge
einsetzen!
Die kurzwellige Strahlung
des ultravioletten Lichts,
ist das noch Licht?,
zwingt die Melanozyten in der
Basalschicht der Epidermis,
was für ein schöner Name für
die Oberhaut,
zur Erfüllung ihres Programms:
Unablässig erzeugen sie Pigmente –
die für jeden Bewohner des Terrariums
sinnlose Schutzfarbe.
Wozu noch Schutz?
Aber es läßt sich nicht ändern.
Programm ist Programm.
Die Schutzfarbe mißrät hier
zum Brandrot.
Die brandrote Haut wirft Blasen.
Alles Wasser
will jetzt nach draußen,

aber bevor noch die Schweißperlen
voll Kochsalz, Cholesterin, Fettsäuren
und weiß der Himmel,
der weiße Himmel, was noch,
Form annehmen können,
Perlenform,
verdampfen sie auch schon wieder,
und die Haut bleibt trocken und heiß.
Gelb und prall wachsen die Brandblasen,
die *Lichtschwielen*,
zur Größe von Schafsaugen an.

Wie war das bloß damals,
als ein pralles und gelbes Etwas,
war es ein Ball,
war es ein Geschoß?,
durch die Luft flog
und am Ende der Flugbahn
die Idylle
irgendeines Sommergastes zerstörte,
der wütend aufsprang und,
Verwünschungen ausrufend,
nach den Ballspielern schlug –
war ich der Sommergast
oder ein Ballspieler?

Die Lichtschwielen platzen auf.
Ein Rinnsal,
das einzige in dieser Glut,
verdampft.
Die Hitze ist unerträglich.
Es muß diese alte Hitze sein,
von der es in den Reden vor dem
Forschungsgebäude geheißen hat,
sie entstehe im Inneren,
im Fusionskern der Sonne,
und Hunderttausende, ja Millionen Jahre
dauere ihr Aufstieg aus dem Kern
an die Oberfläche,
von der sie abgestrahlt und verschleudert,
an uns verschleudert werde,
die Hitze eines thermonuklearen
Umwandlungsprozesses:
Materie in Energie,
Wasserstoff in Helium,
hat es geheißen,
fünfzehn Millionen Grad
im Zentrum der Sonne,
Wasserstoffbrände.

Die Hitze ist unerträglich.
Der Durst ist unerträglich.
Zwei Tage,

hat es geheißen,
allerhöchstens ein paar Stunden mehr,
bis zum hyperosmolaren Koma,
und dann
Halluzinationen,
Bewußtlosigkeit,
Schmerzfreiheit,
Herzstillstand,
Denkstopp,
aus.
So einfach ist das.
Aber auf dem erlösenden Weg dahin,
hat es geheißen,
könnten durchaus und kurzfristig
schmerzhafte Phasen eintreten,
flüchtige Phasen des Untergangs...
Idioten.
Ihr Idioten.
Und es kann noch lange dauern,
vier, fünf Milliarden Jahre vielleicht,
bis die Wasserstoffvorräte dieser Sonne,
der Himmel ist weiß,
erschöpft sind
und sich der Stern zum Riesenstern
rot aufbläht
und schließlich
in einem Heliumblitz verschwindet,

und aus dem Blitz,
groß,
größer als der gesamte Raum
des gegenwärtigen Sonnensystems,
eine Supernova,
wieder hervorgeht und dann
zu planetarischem Nebel zerfällt,
der sich einmal,
einmal noch, verdichtet,
zum weißen Zwergstern verdichtet,
immer weiter verdichtet
bis
zur völligen Schwärze,
zur unwiderruflichen Finsternis
und es endlich
kühler wird.

Der Wind ist zu schwach,
um das Spurengewirr im Sand zu verwischen,
und stark genug,
um die feinsten Körner der Ebene
über die Schleimhäute und Haut überhaupt
zu verstreuen.
So nimmt alles zu:
das Spurengewirr, das dahin
und dorthin verläuft,
und die Lichtentzündungen

an allen Häuten.
Die Conjunctiva zwischen
Augapfel und Lid
wird rot und schwillt an und schmerzt
wie alles andere auch.
Aber der unter einer sanfteren Sonne
zu erwartende Tränenstrom
bleibt hier aus.
Blendungsbilder,
türkise, blaugrüne und tiefrote Bälle
springen auch hinter geschlossenen Lidern
im langsamer werdenden Rhythmus
der Augenmuskeln.
Was für eine Müdigkeit.

Ein beharrlicher,
unverwandter Blick in die Sonne
schafft erst die andere Sichtweise:
Die Linse tut, was sie tut,
und bündelt das Licht,
das dichteste Weiß,
und wirft es,
ein Brennglas,
auf jenen zwei Quadratmillimeter
großen Fleck,
auf dem Bilder, die jetzt
immer weiter zurücktreiben,

früher einmal
in ihrer größten Schärfe
erschienen.
Und allmählich verbrennt dieser Fleck,
die Macula lutea,
und die Verbrennung läßt eine blinde,
gekrümmte Fläche zurück,
einen zu Ende gebleichten *Sehpurpur*,
einen Blick,
an dessen äußersten Rändern jetzt,
unscharf und ständig verschwimmend,
die Ebene wieder erscheint.
Eine glänzende Wand.

Unter diesen Bedingungen mindestens
zehn Liter Wasser täglich,
hat es geheißen,
brauchte einer wie ich,
wenn er schon unbedingt die Zukunft,
irgendeine Zukunft,
unverdampft erleben wollte.
Aber so.

Jetzt bin ich
die hypertone Entwässerung,
ich bin der Anstieg des Hämatokrits,
ich bin die Verkleinerung des Volumens

aller Zellen,
die Verringerung der Sauerstofftransportkapazität,
die Konzentration
der Natriumlösungen und des Chlorids,
ich bin
die rasend gesteigerte Herzfrequenz,
die Weitstellung aller Gefäße,
die Eindickung des Bluts
und die osmotische Konzentrationsverschiedenheit
im Gehirn.
Ich bin der Zusammenbruch der Thermoregulation,
ich bin
der allesumfassende Verlust.
Ich konzentriere mich in allem
und werde weniger.


Wir haben uns, was für ein Irrtum!,
stets vor der Sonne zu schützen versucht.
Wir haben Sonnenschirme aufgespannt
und sind in Batistkleidern
und ineinandergehakt
die Promenaden entlang,
anstatt uns zu häuten.
Wir haben höheren Säugetieren
die Augen geöffnet,
mit Klammern geöffnet,
und an der Hornhaut der Augäpfel

die Verträglichkeit
unserer lichtfilternden Kosmetika
erprobt: Zimtsäureester, Tannin,
Salizylsäure und Benzophenone.
Auch Schweine haben wir geschlachtet,
die Kadaver in einen Sprühregen gelegt
und an ihrer noch warmen Haut,
sie sei so menschenähnlich,
Auskünfte über die Wasserbeständigkeit
unserer Sonnenöle erhalten.
Und in Arizona
haben wir Häftlingen bedeutet,
sich in die Sonne zu legen,
und haben auf ihren entblößten Rücken
mit Klebestreifen und Rastern
Testfelder zur Erforschung
ultravioletter Strahlung angelegt:
Der vom hellen ins dunkelste Rot
aufsteigende Entzündungsgrad
dieser Rücken,
die *Lichttreppe*,
hat uns die Bestimmung der
günstigsten Dauer unserer
Sonnenbäder erlaubt.
Wie mutlos
doch diese Versuche gewesen sind.
Und wo ist Arizona?

Was ist Arizona jetzt?
Hier gibt es keine Lichttreppen.
Hier ist man immer im Brandrot.
Und an der Haut
springt wieder etwas auf
und zerplatzt.
Aber nichts Pralles, kein Rinnsal mehr,
keine Bälle.
Jetzt weiß ich wieder,
daß *ich* der Sommergast war.
Ich war auch der Häftling,
das Schwein
und der Schlachter
und bin unter dem Sonnenschirm
Promenaden entlangspaziert.
Der Batistmantel liegt ja noch dort,
breitet sich aus, nein,
es ist die weiße Schlachterschürze
aus Gummiarabikum,
steif und kalt.

Wie kalt
es in den Schlachträumen
immer gewesen ist.
Es ist kalt.
Die Schürze liegt dort
und glänzt,

eine endlose Schürze die Ebene,
eine rissige Schürze aus Packeis,
und jetzt
setzt ein Zug Schlittenhunde
kläffend über die Risse hinweg,
und noch einer,
Sänften schwanken auf Tragtieren,
Fahnen und Baldachine,
eine gewaltige
Eisprozession.

Christoph Ransmayr, 1954 in Wels/Oberösterreich geboren,
studierte in Wien und lebt zur Zeit in West Cork, Irland.
Seine Romane wurden in mehr als zwanzig Sprachen übersetzt.